달에도 시인이 살겠지

KB130151

한국의 단시조

0
2
6

달에도 시인이 살겠지

백이운 시조집

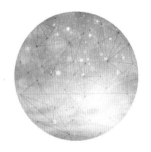

책만드는집

시인으로 산다는 것은 복된 일이다.
내가 쓴 시가 나를 키우며
철없는 마흔두 해를 온건히 지켜주었으니.

2019년 봄

白利雲

| 차례 |

어느 날 문득

라면 봉지 하나도

힘으로는 뜯기지 않네

소심한 화상和尙처럼

믿어 의심치 않던

냄비에 끓고 있는 결벽

풀죽 쑤는 맹물이네.

그렇듯

사막을 건너는 법 낙타에게 있듯이

시간을 건너는 법 바람에게 있듯이

벚꽃 잎 제풀에 흩날려 그대에게 가 닿듯이.

가풍

바다에 이르고 보면 새우도 고래도 한몫

고래는 고래끼리 새우는 새우끼리 하하호호

안부는 묻지 않는 게 서로의 가풍이다.

낭만검객

―어느 젊음의 초상

너는 사무라이식 검푸른 장도와 단도

종횡무진 치고 찢고 바람을 가른다

꽃 봄이 언제였던가 기억도 못 하면서.

낭만협객

-어느 젊음의 초상

긴 칼 옆에 차고 팔짱 낀 과묵의 너는

미륵을 닮은 웃음 흘리는 듯 마는 듯

칼 한번 휘두르는 법 없이 풍모만은 고수다.

낭만자객
−어느 젊음의 초상

검법을 익혔어도 영락없는 소년 행색

고수를 꿈꾸는 등 뒤 칼집이 매양 운다

필살기 제대로 날릴 그 한때를 엿보며.

죽은 시인을 위한 봄은 어디에고 없다네

너 가고 얼마나 되었다고

새 목련각시 들이느냐

모질고도 잔망한 바람

그를 허한 허망한 하늘

마침내 죽은 시인을 위한 봄은

어디에고 없다네.

난청의 여름

여름 한 철 울다 가는 절명의 시라지만

매미 소리 할퀴고 간 상흔은 이미 깊다

아무리 달아나 봐도 귓속 길은 천리만리.

따뜻한 곁

마음속에 박혀 있던 찻잔들

일시에 빼 던졌더니

허공을 한 바퀴 돌아

금줄 곁에 와 앉았네

그렇게 그리웠더냐

소리 없는 부름이.

달의 나라로 다시 눈을 돌려봐

사흘 낮 사흘 밤 뜬눈으로 불 지펴도

내 시의 가마에선 구워지는 그릇 하나 없네

마음껏 달을 잊고 산 그 덕분 아니겠어.

달에도 시인이 살겠지

담금질 몇 번 했다 칼을 자처하는가

달빛에 가슴 몇 번 베여봤다 자찬인가

바람은 베고 베이며 달의 언어로 시를 쓴다.

구름의 시선으로

술 익는 소리에 장인의 귀는 밝아지고

바위에 뿌리 내린 너도밤나무 그늘 아래

누군가 달게 자는 꿈이 세상 문을 여닫는다.

천국의 아이들

쓰레기 동산을 맨발로 헤집던 아이

곰 인형을 주워 들고 천사처럼 웃는다

천국에 쓰레기꽃이 우르르 피어난다.

배려의 무게

왼손잡이를 위한 다관을 만드는 장인

왼손이 하는 일을 오른손이 모르니

세상에 배려의 무게를 잴 저울은 없다.

우그러진 항아리

우그러진 항아리가 통가마를 기어 나와

천삼백 도 불지옥을 웃으며 찬탄한다

하기사 웃는 그곳이 극락 또한 아니겠나.

재즈 같은 시

버리고 버려도 제 생각에 갇히고 마네

생각 없이 들으면 좋은 재즈 같은 시

언제쯤 써보려는가, 달이 하하 웃는다.

돌 있던 자리

돌 있던 자리

끊어질 듯 이어져

찻사발 너울입전에

허공 한 채 나투었네

없음도 있음이런가

눈부신 소멸의 미학.

밥상

밥상을 받는다는 것은 거룩한 일이다

어머니가 아닌 이들이 차려내는 밥상

서리가 오기 전까진 별것 아닌 줄 알았다.

겨울본색

대니 보이가 좋아했을 아일랜드 과자 한 봉지

혹한의 서울 한낮을 축성하듯 위무하고

실직한 고매古梅 한 그루 손을 뻗어 화답하네.

멸치

뼈 있는 가문의 고귀한 자손이라

목 빳빳이 호기롭게 비린내를 풍긴다

허세가 월척일 때는 소화기관도 무시한다.

맨발의 디바*

이름도 가물가물한 작은 나라의 영원한 디바

자기가 죽은 날에도 눈물로 삶을 찬미하네

맨발이 그녀 성모였기 더 빛나는 검은 성녀.

* 세자리아 에보라(1941-2011). 서아프리카 카보베르데의 여가수.

운문사 雲門寺

옛적, 운문을 나설 땐 구름이 한 짐이더니

오늘 들어서는 운문 구름이 만석이다

꿈인 듯 그리운 모두 운문에서 만나다.

달을 바라보다

달이 스스로 조금씩 무너져 가는 몸짓

자신마저도 끝내 거느리지 않으려는

처연한 자기 검증의 사라짐과 감추기.

목 혹은 몫

우유를 먹인다고 다 송아지가 아니듯이

우리에 갇힌 것은 근본 없는 맹수일 뿐

어린것 여린 발톱이 언젠가를 겨냥한다.

소통의 또 다른 뜻

울림이 있어야 소통도 되리라고

그대 간절히 묻고 그들 내내 가르치지만

소통은 그냥 스쳐 가 저들끼리 비롯한다.

비틀 사십

마약처럼 현혹되어 어찌어찌 우쭐우쭐,

기어가든 굴러가든 쇠똥구리도 성불했을

마흔 해 뉘엿길에는 돌부리가 스승이다.

늑대를 키우는 유목민의 말

늑대를 길들인다고 개가 되겠는가

내 집 가축들을 보호하려는 것일 뿐

언젠가 너의 가죽이 내 가족을 살릴 것이다.

유목민에게 늑대의 말

너희가 기르는 개의 조상이 늑대일 뿐

포획된 야생 늑대가 개가 될 수는 없다

언젠가 때가 오면 기꺼이, 네 목을 물어주마.

초로에게

눈에 보이지 않는 화려한 가체를 쓰고

시 쓴다 애쓰지 마라 현기증의 초로야

부단히 발밑에 밟힌 초록이 네 전부다.

넋두리

은유로 소통하는 세계를 꿈꾸지만

육하원칙도 벗어난 신변잡기 일색이다

허공에 마음 심心 자를 그리는 이 누구냐.

머나먼 이웃집

하고 싶은 일 제쳐두고 돈벌이로만 내몰리는

머나먼 이웃집 찰스 꽃중년도 아닌 가장

손안의 몇 푼 동전이 대변하는 그 쓸쓸함.

마성의 부호

매미로 위장한 정적 타파 첨병들이

스물네 시간 타전하는 마성의 부호

아직도 해독하지 못한 은둔자가 위태롭다.

힘

-요한 바오로 2세

의자에 잦아들 듯 힘겹게 앉혀져

손가락 하나 들 힘 겨우 남았을 때

거룩한 세상을 향해 성호를 그으시다.

힘

-달라이 라마 14세

자기 나라를 잃고 붓다의 나라를 얻다

다시는 환생의 길을 걷고 싶지 않지만

오늘도 환생한 뜻을 허리 굽혀 설파하다.

시조를 탐하다

절벽을 향해 치달리는 가공할 사랑

느낌표로 시작해 물음표로 끝나는

우리들 남아 있는 날의 버마재비 같은 사랑.

죽 쑤기

밥 짓기보다 어렵다는 죽이나 쑤어볼까

흰죽이든 팥죽이든 어머니 손맛 같으랴

곤죽이 될 때까지는 다 무효다 눈물은.

올곧이

꽃같이 떨쳐입고 만인 앞에 섰는 이

그는 이미 산을 넘고 강을 건너온 이다

올곧이 두려움 벗 삼아 강과 산이 된 이다.

일엽편주

가슴속에 지중해 하나 품지 않은 이 없다

거기 그냥 빠져 죽든가 평생을 허우적대야

시 한 수 일엽편주로 띄워질지 모른다.

문전박대

등골이 서늘하게 죽비라도 맞고 싶어

인연들 벗어놓고 오체투지 했습니다만

시늉도 물이 올라야 연기 축에 든답니다.

베토벤에게 할 말 있어요

당신의 첼로 소나타에 아침 귀를 맡겼는데

요란한 전기 톱질 소리 아파트 화단을 가르네요

아울러 들어야 하나요 따로 들어야 하나요.

푸른 옷의 전설

혀를 깨물든가 단호히 곡기를 끊고

달의 문전에 부복이라도 하나 했더니

넋 나간 푸른 옷 한 벌 비루하게 펄럭입니다.

숟가락만 남은 품격

짓밟히는 일에도 품격이 있을까만

길가 잡초에게도 견뎌내는 힘이 있다고

밥 때에 숟가락을 드는 구금된 자유의 힘.

칼집 안에서

좌복도 깔지 않고 가부좌 틀어보면

딱딱한 독일 빵은 부드러운 혀끝에서 녹고

칼날은 칼집 안에서 봄바람을 가른다.

닭갈비는 죄가 없다

천하 지략 양수楊修*도 세 치 혀를 잘못 놀려

천년에 천년 두고 뒷담화를 듣는데

너에게 묻지도 않은 암호, 계륵이라 답하지 말라.

* 조조의 모사. 조조가 한중에서 철수할 때 아무도 눈치채지 못한 암
호 '계륵'의 의미를 파악한다. 이에 조조가 그의 지나친 총명을 경계
하여 참수를 명령했다.

여백처럼

미래의 얼굴을 알 수는 없지만

화선지에 그은 몇 획 농묵濃墨 위

담묵淡墨이 지나간 자리, 그 옆 바랜 여백처럼.

곡절曲折

무슨 곡절이 있어 풀벌레는 울어대겠지

아무 곡절 없어도 구름은 흘러가겠지

곡과 절 그 사잇길에는 무지개도 강철도.

식사의 법칙

달팽이 까칠한 혀가 새끼 돼지를 먹어치우네

생후 칠 주로 봉인된 지상의 힐링 한 조각

골족族들 웃음소리가 달팽이를 씹고 있네.

층간 소음

내리꽂는 낙뢰만 있는 줄 알았더니

치받아 때리는 믿지 못할 벼락도 있다

속사정 알 길 없어도 지구만큼 위태로운.

스쳐 가는 다반사

언제 밥 한 끼 같이하자 하더니

석삼년 넘도록 소식이 무소식입니다

언제가 그 언제랍니까, 스쳐 가는 다반사.

혼자 사는 삶

우는 청개구리에게 엄마 무덤은 없고

백설공주와 백마왕자는 딴 나라 사람이다

혼자서 밥 먹는 사람들, 수저는 열두 벌.

게으름을 위한 산책 안내서

게으름을 위한 산책 안내서를 들고

시간이 나를 잊고 스적스적 지나간다

길들도 졸음에 겨워 얽혔다가 풀렸다가.

일갈―喝

자연은 친절히 말해주지 않는다

깨우치고 뉘우치고 알아서 할 몫이라고

물 끓는 주전자 뚜껑 묵언수행을 일갈한다.

본분

있는 힘 다해 제 갈 길 가고 있음에도

언젠간 날지도 모른다는 헛된 기대감으로

달팽이 느린 걸음을 재촉하는 속절없음.

헌상獻上

흰머리 소녀와 소년들 차탁에 둘러앉아

다소곳 우려내는 연륜이란 이름의 묘약

금 가고 이 빠진 찻잔을 공손히 주고받네.

봄날, 두부를 먹다

술을 끊은 김 선생과 술 권하는 김 시인과

인사동 두붓집에서 먹는 오랜 날의 오찬

한 접시 따뜻한 두부가 권하는 성찬의 향기.

햇볕 따스한 날의 풍경

그릇가게 하다 그만둔 집 같기도 하고

헌책방 하다 그만둔 집 같기도 하고

벚꽃 잎 휘휘 날리며 흰 머리칼 날리며.

면벽

면벽만 면벽 아니라 일상사가 면벽수행

마음의 벽을 뚫으란 건지 삼키란 건지

오늘은 반짝 웃던 천기 언제 바람 불는지.

영웅본색

백 년의 숙적이자 천 년의 지기라고

죽은 제갈량을 사마의는 눈물 흘리고

장삼은 이사를 향해 칼날을 버리네.

오로라*를 그리며

어이없이 어느 봄날 자진한 남자와

어느 봄날 어이없이 자진도 안 하는 여자

이 봄밤 오로라를 그리며 찬 두부를 먹는다.

* 여명의 신 '아우로라'에서 유래.

꽃보다 랑랑郎朗*

베르사유에서 낭랑하게 피아노를 치네, 랑랑

탄주하는 은발 몇 가닥 무엇을 건드렸나

열렬히 박수를 치네 청중 속에, 쇼팽.

* 중국의 피아노 연주자.

머잖은 미래

시조가 노벨상을 타는 날이 오겠지

인공지능이 시조를 쓰는 날이 온 다음

시인들 마음 가벼이 달에게로 향하리라.

귀명창

산하고 말할 줄 몰라 산에 못 가고

바다와 말할 줄 몰라 바다에 못 가네

우리 집 꽃나무들은 하루 종일 귀명창.

종종걸음

-도쿄 시편

임금 앞을 향하는 왕조시대 신하도 아닌데

아이 키우는 어미는 십 년을 종종걸음

하늘도 도쿄 하늘은 인정머리 없어라.

벚꽃도 사쿠라도

−도쿄 시편

벚꽃도 사쿠라도 사월이면 핀다지만

스무 해 넘기도록 피지 않는 도쿄의 봄

누군들 허리 통증을 은혜인 듯 지고프랴.

74

고도를 기다리듯

고도를 기다리듯 택배를 기다린다

기적의 실크로드는 동네 골목길로 통하고

빛처럼 다녀가는 이 신성함의 극치다.

미로

안빈낙도安貧樂道와 안빈낙도安貧落道 사이를 오가며

이 차車를 사야 하나 저 차茶를 사야 하나

지폐와 가상화폐 속 을 같은 갑의 미로.

그림자를 벗다

꽃이 아름다운 것은 다음 생에 뜻이 없어서고

새 울음이 간절한 것은 지난 생을 지워서다

달빛이 투명하게 비추는 요요적적 삼라만상.

군계일학

눈높이를 맞춰 닭처럼 사는 학들

자신을 못내 학이라 믿고 싶은 닭을

무리의 중심에 두어 이루는 공정사회.

소꿉놀이

용 못 된 이무기와 봉황 못 된 닭들이

찻잔을 주고받으며 소꿉놀이 여념 없네

나무꾼 도낏자루 기웃대다 돌아가길 석삼년.

은총

이번 생이 마지막이라 종로 바닥 기어 다니오

두 팔 두 다리 없는 몸통뿐인 삶이지만

환생은 허락지 않는다는 은총을 득하였다오.

오리무중

날아간 화살을 기억하지 않는 궁수

날아간 원고를 기억하지 못하는 시인

과녁도 지면도 버린 오리무중 그네 길.

흙

평생 쓸 좋은 흙을 자랑하던 도공

어느덧 흙으로 돌아가 그릇 속에 숨었네

속았다 속았다 하며 속였다 속였다 하며.

둥그런 고요

꽃 한 송이 받고 가나 만 송이 받고 가나

성자든 청소부든 향기라는 품에 든다

모양과 색깔은 달라도 둥그런 고요에 든다.

소

난초는 내가 키울게 소는 네가 키워라

군자님 하시는 말씀마다 향기가 돋아

즐겁게 목숨을 바치네, 살아본 적도 없는 소들.

빵

모두 같은 빵을 먹는 듯 보이지만

달콤함에 길들여진 혀의 길을 따라가 보면

버려진 쓰레기 동산에 코를 박는 아이들.

업業은 녹슨 칼날을 좋아한다

악수를 하는 족족 빚 받으러 온 손

웃으며 비수를 꽂는 그런 때도 있었던 거다

업인들 그러고 싶었겠나, 녹슨 칼날 탓이거니.

가끔은

무소유를 앞세워 세상을 다 가지거나

차나 한잔하라며 슬픈 중생 꼬드기는 말

가끔은 헛웃음 짓게 하네, 기어가는 생 앞에선.

어떤 자태

어디서 무슨 소꿉놀이 골몰하다

불쑥 몸을 나투었나 짐작은 못 하지만

찬란한 금빛 가사를 속에 두른 자태라니!

혼잣말

보이지 않는 데까지 애써 보려 하지 말며

뒤로 감춘 손에 애써 주려 하지 마라

자비란 무자비여야 하늘에 통한단다.

거룩하다

여름 한 철 울다 가고 거미줄 하나 치다 간다

대장경 고아 먹다 재채기 끝에 가버리고

초파리 앉았다 간다, 세계라는 풀 무덤.

심심한 주술

대추나무치고 벼락 맞지 않은 것 없고

차나무치고 수백 년 안 된 게 없네

심심한 이야기꾼들의 아주 심심한 주술들.

몫

산신령을 길들이는 건 길 잃은 초짜 나무꾼

나무꾼을 길들이는 건 날개 잃은 초짜 선녀

초짜를 길들이는 건 몫이라는 날빛 화두.

장인 기질과 불교 세계관이 빚어내는
절체절명의 미학

이경철 문학평론가

"등골이 서늘하게 죽비라도 맞고 싶어// 인연들 벗어놓
고 오체투지 했습니다만// 시늉도 물이 올라야 연기 축에
든답니다."(「문전박대」 전문)

삶과 세계의 실상을 단박에 드러내는 단시조의 결기

백이운 시인의 이번 단시조집 『달에도 시인이 살겠지』
원고를 쭉 읽으며 시 자체에서 강하게 솟구치는 힘을 느
꼈다. 말할 수 없는 절체절명의 삶의 속내가 곧 시임을 새
삼 깨달았다.

일상의 다반사에서 깨달음이 나오고 시가 나오고 그리움이 간절하게 우러나고 있음을 보았다. 그리고 마침내는 다반사와 깨달음과 시와 그리움이 따로따로가 아니라 하나임을 절체절명의 순간 결기로 힘차게 보여주고 있다.

단시조는 3장 6구 45자 안팎의 짧고 단단한 시이기에 극히 압축, 정련할 수밖에 없다. 그럼에도 기승전결로 구성진 우리네 삶 자체를 담아낼 수 있다. 이런 단시조 특유의 폭넓고 야무진 양식과 어우러지며 뿜어내는 절체절명의 미학이 압권인 시집이『달에도 시인이 살겠지』다.

이번 시집의 그런 특장이 잘 드러난다고 보여 맨 위에 올린 시「문전박대」를 먼저 감상해보시라. 문전박대당하는 연기자의 입을 빌려 절체절명의 삶의 한 단면을 그대로 보여주고 있지 않은가. 연기자에 있어서 연기도 그렇고 시인에 있어서 시도 그렇고 연인의 사랑도 그렇듯 오체투지의 혼신을 다해야 이룰 수 있는 것 아니겠는가.

그렇게 이루고 이를 수 있는 그 궁극의 단계마저 시인은 '시늉'이라고 한다. 이런저런 인연도 내려놓고 죽비를 맞으며 각성하고 혼신으로 이른 그 절체절명, 오로지의 지경마저 본질의 축에 끼지 못한다고 다시 죽비로 내리치며 쫓아내 버리는 결기가 읽는 이의 등골을 서늘하게 한다. 시인으로서 장인 기질과 그것마저도 무화無化해버리는 불교적 세계관이 틈 없이 어우러지며 절체절명 미학의 힘을 보여주고 있는 것이다.

혀를 깨물든가 단호히 곡기를 끊고

달의 문전에 부복이라도 하나 했더니

넋 나간 푸른 옷 한 벌 비루하게 펄럭입니다.
—「푸른 옷의 전설」 전문

초장부터 대단한 결기를 보여주고 있다. 지조나 염치를 지킬 수 없는 절체절명의 순간 혀를 깨물든지 곡기를 끊든지 해서 자진해야 한다고 입버릇처럼 말해왔다. 죄를 지었을 경우 머리 조아리고 엎드려 용서를 구하는 게 상례다. 초장, 중장에서는 다반사로 쓰이는 관형어만으로도 긴박한 상황을 떠올리게 하고 있다. 그러다 종장에 와서는 그런 긴박한 어조를 확 바꾸어 일상의 비루함을 떠올리게 한다. 이 종장이 있어 절체절명의 미학은 우러난다. '작심삼일作心三日'의 일상도 그렇고 최고의 시만을 쓰려 했으나 막상 써놓고 보니 비루해 보이는 시편들도

95

그렇지 않던가. 마음먹은 대로 되지 않는 게 우리네 삶이고 그래 고해苦海 아니던가.

이 시가 《시조시학》 2017년 겨울호에 발표되었고 "넋 나간 푸른 옷 한 벌"이라 했으니 임기 중 탄핵, 구속된 박근혜 전 대통령의 푸른 죄수복이나 넋 나간 표정이 이 시의 동기가 됐을 법도 하다. 초장, 중장도 그렇게 읽으면 딱 들어맞는다.

그렇게 현실주의 측면으로만 보면 비아냥에 그치고 만다. 시인도 포함된 우리네 일상적 삶의 가없는 속내로 들여다봐야 절체절명의 미학이 등골을 훑어 내리는 감동으로 느껴질 것이다.

자기 나라를 잃고 붓다의 나라를 얻다

다시는 환생의 길을 걷고 싶지 않지만

오늘도 환생한 뜻을 허리 굽혀 설파하다.
    ─「힘─달라이 라마 14세」 전문

중국에 빼앗긴 티베트에서 인도 다람살라로 망명한 달라이 라마 14세를 소재로 한 시다. 나도 망명정부가 있는 다람살라로 가 달라이 라마를 친견한 적이 있다. "따라잡기도 힘든 이 첨단 문명의 속도 속에 어떻게 인간적으로 잘 살아낼 수 있을까"라는 물음에 일단 "아이 돈 노우"라고 웃으며 답했다. 그러곤 내 눈을 한참 바라보다 "변화에 맞게 잘 살아내라"라며 나에게 딱 맞는 예까지 들어가면서 알아듣게끔 말해주는 달라이 라마에게서 과연 부처님의 환생임을 실감할 수 있었다.

득도한 후 석가모니는 7일간 명상에 잠겼다. 홀로 이 법열法悅의 경지에 머물 것인가, 말로써 전할 수 없는 법을 어떻게든지 말해 중생들을 구제할 것인가 생각을 거듭하다 마침내 말을 택해 45년간 쉼 없이 설법했다. 설법이 끝나면 "나는 한마디도 말한 바 없다"라며 이 말로써는 도에 다 이를 수 없음을 확인시켜주곤 했다. 달라이 라마한테서 그런 부처님의 설법을 듣는 듯했다. 내 눈높이에 딱 맞춰 어떻게든지 깨우침에 이르게 하려는. 이 시에서도 해탈의 법열에 머물지 않고 환생한 달라이 라마 설법, 우주 운항이며 세상 돌아가는 이치, 그런 이치를 돌리는 대자대비의 원만한 힘이 그대로 느껴진다.

　　의자에 잦아들 듯 힘겹게 앉혀져

손가락 하나 들 힘 겨우 남았을 때

거룩한 세상을 향해 성호를 그으시다.
　－「힘－요한 바오로 2세」 전문

　전두환 신군부 독재에 숨죽인 한국을 방문, 복음을 전
했던 교황 요한 바오로 2세를 소재로 한 시다. 고령의 교
황이 힘겹게 손을 들어 십자가 성호를 그을 때 얼마나 거
룩한 위안이 되던가. 말없이 긋는 성호 그 자체가 부처님
이 들어 보인 이심전심以心傳心의 꽃 한 송이처럼 그대로
힘 있는 복음 아니던가.

　'힘'을 제목으로 한 위 두 시는 세계적 종교 지도자 정
수만 인상적으로 크로키 하고 있다. 해서 그들에게 바쳐
진 작품 자체로 읽어도 좋다. 여기에 더해 이것을 바로 단
시조 정수의 힘, 절체절명의 미학으로도 읽고 싶다. 교황
의 성호와 같은 이심전심의 거룩함, 고해를 건너는 지혜
를 설파하는 달라이 라마의 법문 지경에 이르러야 말에
는 힘이 생기지 않겠는가. 그런 말을 단시조 절체절명의
미학에 펴 더욱 힘이 솟구치고 있지 않은가.

일상다반사를 문득 깨우치는 심오한 시편들

언제 밥 한 끼 같이하자 하더니

석삼년 넘도록 소식이 무소식입니다

언제가 그 언제랍니까, 스쳐 가는 다반사.
－「스쳐 가는 다반사」 전문

다반사茶飯事란 문자 그대로 밥 먹고 차 마시는 일상사다. 우리도 살아가면서 "언제 밥 한번 같이 먹자", "언제 차 한잔 나누자" 하고 스쳐 가며 인사하곤 하지 않는가. 그러곤 서로 감감무소식이 다반사 아니던가. 시인은 그런 일상 속에서 '언제'라는 말에 주목한다. "언제가 그 언제랍니까"라고 물으며 문득 세상살이의 본질이며 그리움 등을 확 불러일으키고 있다. 불가佛家에서 말하는 일상 한순간의 문득 깨달음, '한소식'을 시화하고 있는 것이다.

쓰레기 동산을 맨발로 헤집던 아이

곰 인형을 주워 들고 천사처럼 웃는다

99

천국에 쓰레기꽃이 우르르 피어난다.
−「천국의 아이들」 전문

　요즘 지천으로 쓰레기 동산이니 그런 동산에서 놀고 있는 어린이들을 적잖게 볼 수 있다. 천진난만 그대로인 어린이들에겐 쓰레기 더미가 울긋불긋 꽃 피는 동산으로 보일 것이다. 그런 쓰레기 동산에서 놀고 있는 아이를 보고 한소식하고 있는 시다.

　쓰레기 동산을 맨발로 헤집는 것이 우리네 고해 같은 일상의 실존 양상일 것이다. 그런 삶의 현장을 천국으로 보고 쓰레기 같은 일상의 세목들을 꽃으로 보아내는 시인의 깊은 안목에 문득 잡힌 우화로 읽을 수 있는 시다.

　눈에 보이지 않는 화려한 가체를 쓰고

　시 쓴다 애쓰지 마라 현기증의 초로야

　부단히 발밑에 밟힌 초록이 네 전부다.
−「초로에게」 전문

늙음의 길에 막 접어든 초로初老에게 쓴 시다. 아니, 그런 길에 접어든 시인 자신에게 주는 다짐이기도 하다. 해서 시인의 시 쓰기 마음 자세를 엿볼 수도 있는 시다.

여인네들 머리채를 화려하게 장식하는 머리보다 더 큰 가체加髢, 그런 가식이나 화려함으로 시를 쓰지 않는다. "부단히 발밑에 밟힌 초록" 풀잎같이 으깨진, 고통스러운 삶의 세목이 시인의 전부다. 그런 일상의 세목을 인상적으로 이미지화, 구체화하는 것이 시인의 시 쓰기임을 초로에 들어 다시 다짐하고 있는 시로 내겐 읽힌다.

자연은 친절히 말해주지 않는다

깨우치고 뉘우치고 알아서 할 몫이라고

물 끓는 주전자 뚜껑 묵언수행을 일갈한다.
　　　　　　　　　　　　　　　－「일갈一喝」전문

펄펄 끓어오르는 물주전자 뚜껑 소리에 문득 깨우치고 있는 시다. 큰스님들이 깨우침을 주기 위해 버럭 소리를 지르는 일갈, 할처럼 들으며. 눈앞에 펼쳐진 자연 그대로의 모습, 그것을 닮은 우리네 자잘한 일상이 곧 세계의 본

성이고 도道이고 진리일진대 뭘 눈 감고 입 닫는 묵언수
행이냐고.

　이처럼 백이운 시인은 일상 속에서 문득 깨달은 것들
을 시화하고 있다. 그러나 그런 깨달음이 어디 쉽겠는가.
"자연은 친절히 말해주지 않는다" 하니 어디 한소식이 다
반사처럼 오겠는가. 끊임없이 "깨우치고 뉘우치고 알아"
야 문득 각성은 찾아들 테니.

통달해 표 나지 않고 원만하게 드러나는 불교 세계관

　　이번 생이 마지막이라 종로 바닥 기어 다니오

　　두 팔 두 다리 없는 몸통뿐인 삶이지만

　　환생은 허락지 않는다는 은총을 득하였다오.
　　 -「은총」전문

　팔다리에 타이어 조각을 덧대고 길바닥이나 지하철 바
닥을 기며 구걸하는 자 적잖게 보았을 것이다. 그런 사람
을 화자로 내세워 쓴 시다. 마지막 구절 "은총을 득하였다

오"에서 '득得' 자가 이 시에서는 전경화前景化돼 있어 눈길을 끈다. 수동으로 '얻었다오'나 '받았다오'라고 쉽게 말하면 될 것을 군이 "득하였다오"란 능동으로 눈길을 끈 것이 이 시의 눈깔, 시안詩眼이다. 화자를 생의 극한에 선자로 내세웠지만 기실 시인의 오득悟得의 지경을 절체절명 상황으로 시화한 것이다.

인과응보의 지당한 사실대로 행한 대로 환생하는 바퀴를 영원히 도는 게 불교에서 말하는 윤회다. 그런 윤회에서 벗어나는 것이 오득이요, 해탈이다. 시인은 우리네 일상 속에서 해탈의 경지를 이리 자연스레 읊어내고 있다.

꽃이 아름다운 것은 다음 생에 뜻이 없어서고

새 울음이 간절한 것은 지난 생을 지워서다

달빛이 투명하게 비추는 요요적적 삼라만상.
-「그림자를 벗다」 전문

제목부터가 철학적이고 종교적이다. 종장에서는 달빛이 천 개의 강을 골고루 비추듯 불법佛法은 만물에 평등하게 비추니 삼라만상, 자연 그 자체가 불법이요, 본성이라는 불교 세계관 '월인천강月印千江'의 요체를 감동적으로 드러내고 있다. 그러니 온 곳도 없고 갈 곳도 없는 자성自性과 자연의 본모습을 윤회의 미망, 그림자에서 벗어나 있는 그대로의 실상을 보고 살라는 것이다. 그래야 지금 이곳의 세상과 삶은 더 아름답고 간절하지 않겠는가.

　　악수를 하는 족족 빚 받으러 온 손

　　웃으며 비수를 꽂는 그런 때도 있었던 거다

　　업인들 그러고 싶었겠나, 녹슨 칼날 탓이거니.
　　-「업業은 녹슨 칼날을 좋아한다」 전문

초·중장은 살다 보면 적잖게 느꼈을 세상사다. 그런 좋지 않은 일들을 우리는 전생의 행보 탓, 업 정도로 넘기곤 한다. 아, 그러나 다시 생각해보라, 그 업도 다 내 마음이 지은 망상 아니겠는가, 하고 문득 깨닫고 있는 시다.

웬만한 절에 가보면 심검당尋劍堂이란 현판이 걸린 집을 찾을 수 있을 것이다. 칼을 찾는 집이라, 망상에 찌든 마음을 칼로 베듯 싹둑 잘라버리는 마음 수련을 하는 장소다. 이름부터가 그런 검을 녹슬지 않게 부지런히 갈고

닦아 업을 자르라는 마음 수련의 명제다. 그렇게 수련하
며 시인은 맑게 드러난 본성을 밝히는 시를 쓰고 있다.

꽃같이 떨쳐입고 만인 앞에 섰는 이

그는 이미 산을 넘고 강을 건너온 이다

올곧이 두려움 벗 삼아 강과 산이 된 이다.
　－「올곧이」 전문

올바르고 곧은 영웅을 칭송하는 시다. 산전수전 다 겪
으며 하늘을 우러러 한 점 부끄러움이나 두려움 없이 당
당하게 만인 앞에 선 이. 그런 올곧은 사람들이 사라져 혼
탁한 시대에 다시금 영웅, 지도자를 그립게 소환하는 현
실주의 시로 읽어도 좋다. 그러면서 제목으로 올린 '올곧
이'라는 부사를, 한 걸음 더 들어가 '올곧은 세상'이라는
뜻의 추상명사로 보고 싶다. 본질 그대로 옳고 바르게 펼
쳐진 세상을 아우르는 명사로 보면 이 시는 더 깊어진다.
"이 늙은 중이 참선하기 전엔 산은 산이요, 물은 물이었
다. 뒤에 선지식을 만나 깨우침에 들어보니 산은 산이 아
니요, 물도 물이 아니었다. 이제 확연히 깨우치고 보니 산

은 의연코 산이요, 물은 의연코 물이더라."

당나라 청원유신 선사가 한 말로 성철 스님 등 고승들이 자주 인용해 일반에게도 낯익은 말이다. 처음의 산을 산으로 본 것은 남들 다 그리 보니 그리 본 상집常執에 갇힌 것이요, 산을 산이 아니게 본 것은 자신만이 새롭게 보려는 아집我執에 갇힌 것이요, 마침내 깨달은 요오了悟의 지경에선 산은 산 그대로고 물은 물 그대로 여여如如한 것이다. 자신의 눈, 주관만 내세워 얼마나 많은 시인들이 산은 산이 아니고 물은 물이 아니게 보는 아집에 빠져 있는가. 시인은 이제 그 상집, 아집을 다 털고 삼라만상과 자신의 마음을 있는 그대로 올바르고 곧게 보는 지경에 이른 것이다. 독실한 불자이면서도 불교를 시의 문면에 드러내지 않고 우리네 일상 속에서 불교적 깨달음을 시화하고 있는 시인이 백이운 시인이다.

무슨 곡절이 있어 풀벌레는 울어대겠지

아무 곡절 없어도 구름은 흘러가겠지

곡과 절 그 사잇길에는 무지개도 강철도.
　　－「곡절曲折」전문

무슨 곡절 많은 사연이 있어도 없어도 풀벌레는 울고 구름은 흘러간다. 있고 없음이 같다. 공즉시색空即是色이요, 색즉시공이라는 불교 세계관의 요체가 초장, 중장에 표 나지 않게 들어 있다. 있고 없음, 부드럽게 휘고 가차 없이 끊어지는 그 사잇길, 중도中道가 진리이고 그 지점에서 강철같이 강하면서도 무지개같이 아름다운 강철 무지개를 띄우는 게 백이운 시인의 시편들이다.

시 쓰기가 곧 구도求道와 중생제도임을 보여주는 시편들

담금질 몇 번 했다 칼을 자처하는가

달빛에 가슴 몇 번 베여봤다 자찬인가

바람은 베고 베이며 달의 언어로 시를 쓴다.
　―「달에도 시인이 살겠지」 전문

이번 시집의 제목인 된 표제시다. 달의 언어로 시를 쓰는, 달에 사는 시인이 되겠다는 결의를 이번 시집의 시편들로 내보인 것이다. 그럼 '달의 언어'란 어떤 언어인가. 불교의 선가禪家에선 "달을 보라 하는데 달은 안 보고 왜 달을 가리키는 손가락만 보느냐"란 말을 흔히 한다. 가리키는 손가락은 하나의 방편일 뿐이니 본질인 달을 직접 보란 말이다. 우리네 언어 또한 손가락과 마찬가지로 본질에 이르기 위한 방편일 뿐이다. 해서 "문자를 세우지 않고, 가르침 밖의 것을 따로 전하며, 사람의 마음을 직접 가리키며, 본성을 들여다보면 성불한다不立文字 教外別傳 直指人心 見性成佛"는 선의 4구게가 나오게 된 것이다. 부처의 지경에 이르기 위해 묵언정진默言精進이요, 이심전심으로 수행하는 것이 선이다.

달의 언어란 언어도 떠나고 마음이 일으키는 생각도 끊긴離言絕慮 언어다. 칼로 인연이며 생각이며 언어도 잘라버리고 본질로 직격해 들어가는 언어. 언어가 삼라만상의 본성 자체가 되는, 명실名實이 상부相符한 언어다. 그런 언어로 본질을 여여하게 드러내는 시를 쓰겠다는 결의가 시 편편에 충만하다.

시조가 노벨상을 타는 날이 오겠지

인공지능이 시조를 쓰는 날이 온 다음

시인들 마음 가벼이 달에게로 향하리라.
　－「머잖은 미래」전문

　일찍이 노자가 말했듯 "말할 수 있는 도는 불변의 도가
아니다道可道非常道". 언어는 도를 가리키는 손가락, 방편
일 뿐인 것이다. 그런 애초에 불구의 언어일지라도 그걸
이용해 어떻게든 도의 지경, 해탈에 이르려는 험난한 길
이 시의 운명이요, 본질이다. 그래 인공지능이 아무리 발
전한다 할지라도 그런 달의 언어, 시의 본질에는 이르지
못할 것임을 말로써 드러내고 있는 시다. 아니, 인공지능
이 그런 시를 대신할 때까진 해탈하지 않고 이 고해에 남
아 시로 중생을 구제하겠다는 결의를 드러낸 시다.

　가슴속에 지중해 하나 품지 않은 이 없다

　거기 그냥 빠져 죽든가 평생을 허우적대야

　시 한 수 일엽편주로 띄워질지 모른다.
　－「일엽편주」전문

초장에서 누구든 가슴속에 품고 있다고 일반적으로 명제화한 지중해는 무엇인가. 이어지는 중장과 함께 읽으면 그것이 고통의 바다임을 어렵잖게 알아차릴 수 있다. 그러다 종장에서는 시 한 수가 일엽편주로 띄워진다. 고해 같은 실존의 한계상황에서의 삶의 정수 자체가 고해를 건네주는 시 쓰기와 같음을 보여주고 있는 것이다. 그러면서 "모른다"라며 본질을 직격하는 시 쓰기의 지난함도 드러내고 있다.

절벽을 향해 치달리는 가공할 사랑

느낌표로 시작해 물음표로 끝나는

우리들 남아 있는 날의 버마재비 같은 사랑.
　－「시조를 탐하다」 전문

단시조 압축과 긴장의 특장을 잘 살리고 있는 시다. 각 장이 터질 듯한 긴장감, 힘으로 충만하다. '사랑'이란 명사형으로 반복해 마감하면서 치명적인 힘을 가진 가공할 사랑시로 읽어도 좋을 시다. 사랑하다 끝내는 암놈에게 잡아먹히는 버마재비 같은 절체절명의 사랑으로 읽어도 어느 연시戀詩에 뒤처지지 않을 시다.

제목과 함께 읽으면 그런 치명적 사랑과 시 쓰기가 나란히 가고 있는 시다. 본질에 직격하려는 시는 태양의 중심을 향해 날아가다 녹아내릴 수밖에 없는 이카로스의 밀랍 날개와 같음을 시인도 익히 알고 있다. 끝내는 절벽, 아니 잡아먹힐 것을 알면서도 시인은 밀랍 날개 같은, 버마재비 사랑 끝 같은 시 쓰기에 탐닉하고 있다.

버리고 버려도 제 생각에 갇히고 마네

생각 없이 들으면 좋은 재즈 같은 시

언제쯤 써보려는가, 달이 하하 웃는다.
−「재즈 같은 시」 전문

달의 언어, 본질적인 시를 쓰겠다는 욕심, 아집의 힘이 꽉 들어간 펜에서 힘을 내려놓으니 정말 악보 양식에서 자유자재인 재즈처럼 들리는 시다. 시는 종교인 선의 해탈과 달라서 이 중생들의 속계俗界를 저버릴 수 없다.

선에서도 속세의 인연으로 이리저리 얽힌 생각과 정을 떠나 이념거정離念去情 수행하다 마지막 단계엔 다시 속

세로 돌아와 우리네 일상과 평상심이 곧 도임을 실천적
으로 보여준다. 해서 백이운 시인의 시 쓰기는 '위로는 도
를 구하고 아래로는 중생을 구제한다 上求菩提 下化衆生'는
불교의 수행과 실천 덕목과 같은 것이 된다.

자연스레 도道와 합치되는 그리움의 미학

　　옛적, 운문을 나설 땐 구름이 한 짐이더니

　　오늘 들어서는 운문 구름이 만석이다

　　꿈인 듯 그리운 모두 운문에서 만나다.
　　　－「운문사雲門寺」전문

　경북 청도에 있는 운문사를 소재로 한 시다. 사찰보다
는 그 이름 '운문', 구름문에 대한 시다. 옛적이 생전의 먼
과거인지 생시의 그 어디쯤인지 모르겠지만 구름문을 나
설 땐 한 짐이던 구름이 오늘 들어설 땐 만석이나 된다. 종
장으로 보아 구름을 그리움으로 보고 있나 보다. "그리운
모두 운문에서 만나다"라고 했으니.

산다는 것이, 세월이 흐르고 흐른다는 것이 그리움만 구름처럼 첩첩 쌓이게 하는 것인가 보다. 해서 이 시의 주제는 그리움으로 볼 수 있다. 인정人情의 결정체요 삶의 알파요 오메가며 모든 예술의 영원한 주제요 서정의 핵인 그리움이 운문사라는 사찰, 부처님의 영역으로 들어오고 있는 것이다.

용 못 된 이무기와 봉황 못 된 닭들이

찻잔을 주고받으며 소꿉놀이 여념 없네

나무꾼 도낏자루 기웃대다 돌아가길 석삼년.
　　－「소꿉놀이」 전문

그리움이란 무엇인가. 나뉘었다 다시 하나로 되고픈 너와 나의 사이, 현실과 이상의 사이에서 어쩔 수 없는 그리움은 나온다. "용 못 된 이무기"의 그리움과 "봉황 못 된 닭"의 그리움이 모여 소꿉놀이를 하는 우화. 이 우화는 바로 우리 중생들의 이곳 생생한 삶의 우화이기도 하다.
이루지 못한 그리움들이 모여 사는, 본질적인 삶이 아니라 소꿉놀이 가짜 삶을 종장에서는 신선의 삶으로 보고 있다. 신선놀음 구경에 도낏자루 썩는 줄도 몰랐다는 나무꾼의 옛날이야기가 있지 않은가. 그렇다. 무엇이 못된 그리움을, 해탈하지 못한 그리움을 이렇게 신선, 해탈의 지경까지 끌어올려 주는 게 시 아니던가.

어이없이 어느 봄날 자진한 남자와

어느 봄날 어이없이 자진도 안 하는 여자

이 봄밤 오로라를 그리며 찬 두부를 먹는다.
　－「오로라를 그리며」 전문

지구 극지방 밤하늘을 환상적으로 수놓는 빛이 오로라다. 시인의 각주에 따르면 여명의 신 '아우로라'에서 유래했다 한다. 그러면서 시인은 한 남자와 한 여자를 주인공으로 하여 자신만의 오로라 신화를 쓰고 있는 시다.

초장의 남자와 중장의 여자는 성별은 물론 생사도 다르다. 자진을 하고 안 한 것도 다르다. 종장에서는 그렇게 달리 된 남녀가 이 봄밤에 찬 두부를 먹으며 오로라를 그리고 있는 애절하면서도 냉정한 연시로 읽을 수 있다.

먼 우주에서 날아온 입자들이 지구를 감싸고 있는 대

기 입자와 만나면서 빛을 발하는 현상이 오로라다. 입자들이 서로 모이고 모여 하나로 돼 마침내 한 점 빛으로 폭발해 이 광대한 우주가 탄생했다는 게 빅뱅이론이다. 그렇게 헤어진 입자들이 다시 만나 빛의 향연을 펼치는 것을 오로라로 볼 수도 있다. 그렇기에 오로라를 그리는 "자진한 남자"와 "자진도 안 하는 여자"도 우주 빅뱅의 과학적 세계관에서는 하나로 볼 수 있다. 이는 불교에서는 모든 차별과 분별을 뛰어넘어 너와 나는 하나라는 불이不二, 우주 삼라만상은 하나로 이어져 있다는 인드라망과 같다. 이렇게 하나 되고픈 것이 그리움이며 시인은 오로라에 기대 그런 그리움의 신화를 쓰고 있는 것이다.

　　사막을 건너는 법 낙타에게 있듯이

　　시간을 건너는 법 바람에게 있듯이

　　벚꽃 잎 제풀에 흩날려 그대에게 가 닿듯이.
　　－「그렇듯」 전문

　《나래시조》 2015년 여름호에 발표된 이 시를 봤을 때 온몸에 짜르르 전율이 이는 감동에 무릎을 칠 수밖에 없

었다. 순풍에 돛 달고 배 가듯이 운율이 자연스럽게 흐른
다. 단시조에서 강조되는 것이 응축과 절제인데 거기서
나오는 팽팽한 긴장감도 느낄 수 없을 정도로 자연스럽
게 풀어지고 있는 시다. 그러면서 그대에게 가고픈 가없
는 그리움을 흘날리고 있지 않은가.

　이 시를 자연스럽게 흐르게 하며 즉흥적인 감동을 이
끌어내는 것은 '-듯이'의 반복이다. 각 장을 '-듯이'라는
연결어미로 종결하여 시조 정형의 음보율보다 반복에서
운율이 나오게 한다. 그런 연결어미의 반복이 쉼표도 없
이 연결돼 하나의 운율로 쭉 읽히게 만든다. 이렇게 '-듯
이'의 반복은 자연스레 운율을 흐르게 하면서 '-듯이'라
는 본디의 의미까지 낳고 있다. '그렇듯'이란 제목과 어우
러지며 자연스러운 우주 운항의 법, 그런 법에서 벗어날
수 없는 사람 속내의 운항의 도道를 자연스레 낳고 있다.

　초장과 중장에서는 자연의 그런 '법', 학습된 이치를 말
하고 있다. 여기까지는 시인의 구체적인 체험 내지 속내
가 들어 있지 않아 그저 에피그램, 경구警句로 읽힐 수 있
다. 그러다 종장 "벚꽃 잎 제풀에 흘날려 그대에게 가 닿
듯이"에 오면 사정은 영 달라진다. 시조 종장 특유의 미학
인 전환과 종결이 제대로 빛을 발한다. 초장, 중장에서는
'있듯이'로 맺다 종장에서는 '닿듯이'로 종결하며 반복

운율을 변주해 전환을 꾀하고 있다. 그런 변주에 따라 초장, 중장의 에피그램이 종장에서는 서정적 차원으로 전환, 종결된다. 흐드러진 봄날 바람도 없는데 제풀에 눈꽃처럼 흩날리는 벚꽃 이파리들을 보라. 지금 눈앞에 흐드러지고 있는 이 현전現前이 그대로 세계의 본성인 것을, 어디 저 피안 다른 데서 도를 구하고 법을 찾을 것인가.

그런 요오의 지경에 이르러 법이며 도, 혹은 그대에게가 닿고픈 그리움을 불이의 것으로 승화시키고 있다. 얼마나 그리움을 진하고 아프게 앓았으면 제풀에 흩날리며 도에 이를 수 있을까. 그런 도에 이르는 도저한 그리움의 미학을 자연스레 풀어놓아 무릎 치며 감동할 수밖에 없게 한 시가 「그렇듯」이다.

백이운 시인은 1977년 《시문학》으로 등단했으니 시력詩歷만도 40년을 넘겼다. 미혹에서 벗어난 불혹不惑의 시인답게 일상에서 절체절명의 급소를 잘 잡아내 당당하고 힘 있는 시편들로 확연한 시인임을 이번 시집은 다시 한 번 확인시켜주었다. 평범한 일상사와 그리움도 올곧은 도일 수 있음을 보여주며 오늘 우리 삶에 지극한 위무가 되는 시집이 『달에도 시인이 살겠지』다.

백이운

1977년《시문학》추천완료로 등단.
한국시조작품상, 이호우시조문학상, 유심작품상 수상.
시조집『슬픔의 한복판』『왕십리』『그리운 히말라야』『꽃들은 하고 있
네』『무명차를 마시다』『어찌됐든 파라다이스』.
계간《시조세계》발행인, 한국시조시인협회 부이사장 역임.

달에도 시인이 살겠지

—

초판 1쇄 2019년 3월 11일
초판 2쇄 2019년 7월 23일
지은이 백이운
펴낸이 김영재
펴낸곳 책만드는집
—

주소 서울 마포구 양화로 3길 99, 4층 (04022)
전화 3142-1585·6
팩스 336-8908
전자우편 chaekjip@naver.com
출판등록 1994년 1월 13일 제10-927호
ⓒ 백이운, 2019
—

ISBN 978-89-7944-679-1 (04810)
ISBN 978-89-7944-513-8 (세트)